U0458357

渠水 著

上海三联书店

吹沙见金之地

　　不知从啥时起，我向往起了河西走廊，向往起了敦煌。直到 2011 年 2 月我从乌鲁木齐回南京，特地经停了敦煌。在茫茫的荒漠之中，寒冬里的敦煌算不上生机盎然的绿洲，但它的烟火气还是给了我温暖与兴奋。终于走进了，我把敦煌的沙子紧紧地握在手心。

　　从那一天起，我虽然离开了河西走廊，却把昼思和夜梦留在了河西。从那以后的五年间，我在河西这个走廊里独行、徘徊了两年多。从民勤到民乐，从嘉峪关到阿克塞，从肃北到花土沟，大片的戈壁沙漠上都留下了我的足迹。仅敦煌一地我就驻足过六次，最久的一次在"好再来"客栈住了 27 天。这是一片能给我激情，能给我诗情意境灵感的地方。荒寂的沙漠，空灵的天穹，目之穷尽处的天际线才是边界。无限自由了，也无比孤独了。可以尽情放飞思绪了，这的确是一个吹沙可以见诗的地方。我把我的诗留给了民勤，去应和"不要让民勤成为第二个罗布泊"的警言。

　　这本书中的每一首诗都是现场的书写，都是被震撼的产物。《别人的故事》写于民乐城北一座没有屋顶的土坯房前，那天是母亲节，在离开母亲那么久，那么远的地方，奋笔写下了那十行含泪的诗。《泊》在渥洼池附近的戈壁滩上边啃馍片边写出。"何方可泊哟／搁浅了／在盐壳／在戈壁滩／啊，泊干了／泊多难"。在名词泊与动词泊的转换之间，谁能感受到我在荒漠上的孤独和无助。余丁地，张掖城郊的沙漠公路边的路牌，是沙漠中的一个小村庄。触目惊心，一下子我就被这三个字震住了。它不仅让我看到了沙暴的肆虐，也看到了沙漠中人们的生活艰辛和与沙争地的韧劲。我祈求那余丁地永远是余丁地们的立足之本。

回望在河西走廊的几百个日日夜夜，几乎每天我都被新奇、惊喜、意外兴奋着。我也深深地爱上了这片深情的陇原。就连它贫瘠和干燥我竟这么认为："哦，上帝和人／都需要一个干燥的地方／去安放尤物／去保存经典"（《莫名》）。也许莫高窟的保护者们会同意我的观点。也正因为这种爱，我还在沙漠上发现了天堂，那是沙漠蜥蜴的天堂。如果不是身临其境，我是不会有这样的诗作。"在现场"，既是我的创作习惯，也是一个诗者的社会责任。然而，我的"在现场"，不是为了"吹沙见金"，我不赞成英国人塞缪尔·约翰逊"只有傻瓜，才不为钱而写作"的断言。起码在中国，从古到今，不为五斗米而折腰的文人并不罕见吧。

这本《余丁地》2015年8月完稿于敦煌。我把它放置在我的沙漠上荒废了六年。在激情与狂烈消退之后，把它献给淡定从容的河西走廊，献给我心心念念的余丁地。

神往，且能到达，乃人生之大幸事矣。

到达了，打卡，采撷，若能留下文字，乃社会之大幸事也。

渠水

2022年1月16日于淮安

目 录

一 原罪

莫高窟之于丝罗的意义在于它是佛的天堂、佛的圣殿。经变画、变文、变舞，只丰富了佛的色彩，以灵动，但一切似乎从未改变信徒的误读，反而不断地生起信众对普渡的渴望。香火不仅代表信仰，空地城佛不会发生在阿弥陀佛的天空。试问：谁没有求神拜佛的众生？苦像苏归来莫高窟的那些"空"，有多少是虚妄？有哪个愿意真正坐于菩提树下去苦修？这，又何必在敦煌，在张掖和武威又有什么两样。

合 十

把想给你说的话
把想你的日日夜夜
合在掌心
为啥
从十指间
还是有泪水滴下
合十，问你呢

把给你的一点孝心
把一肚子的辛酸和委屈
合在掌心
为啥
从十指间
还是有流沙飞出
合十，问你呢

你已合不住泪水

你也合不了流沙

合十

2014 年 5 月 11 日夜于甘肃张掖

乐僔的开凿

公元 366 年。

游方僧人乐僔。

在佛的万丈金辉里，举起了对佛的无比虔诚。

从那起，一个个佛的传说，一片片佛的藻井，随着法良的开凿，随着晋魏随着隋唐，随着宋辽金的开凿，中国有了莫高窟，世界就有了敦煌。

最初的敦煌

是一点叮当的开凿

乐僔手中的斧锤

佛听得真切

宕泉河也可以作证

从晋魏唐说起

一路下来的宋辽金元

鸣沙山就一直和着

一直与它的开凿

交响

昨夜，莫高窟说
想它的，爱它的
惦记它的
盘算它的
还有，还有无数
都是循着这开凿
开凿的震响
开凿的绚丽
开凿的无价
开凿的举世无二
赶来了
来了总想点什么
因为——
有的是佛
有的是鬼
有的是来开凿
有的是想盗走开凿

罢了吧

弥勒什么也不计较

去开凿吧

与乐僔一道

把未来的佛刻上

把今世的事

把来生的愿

绘在与乐僔一幅

然后

带上斧锤

沿着晋隋去的方向

去追赶

追赶乐僔

2013 年 12 月 28 日于张掖

原 罪

总以为佛会给你一把伞
让你度过雨巷
被雨淋漓了的胖袄离了
只留下一个干渴的戈壁的你

你还是相信那个悟与空
菩提树下你许下的愿
向来佛都不爽
不去垦那神都头疼的心田
那你怎么能悟空了呢

沙尘暴鞭笞的是春夏
冬眠的罪孽佛宽恕了吗
吴承恩案头的尘埃垢面
那才是书写原罪的键盘
走吧,走向雨夜里
你不能再忘掉自带雨伞

苦修，乐修
你自己选择吧
别人只能洗净你的手脚
化蝶为蛹是你自己的事
别指望佛

2013 年 5 月 8 日

玄奘的麻鞋

这是一双麻鞋
也是一种尺牍
它丈量过长安到天竺
亲践过大唐到西域
西域一百一十国
逾缮那与岁时可言
轻万死重一言涉葱河
沙碛、风魔和极寒
因为它实测过
还记录在"大唐西域"

这是一双麻鞋
更是一种图腾与膜拜
它曾被奉为佛印
被尊为神灵
供在神龛，经典
救赎的经典
在那烂陀与天竺
天竺的无数伽蓝

在一千三百年前
让天竺惊羡的麻鞋

麻鞋，信徒的足履
可以是度牒的印记
但它未必，未必
未必能支撑起信念
求法的信念
未必能支撑起意志
苦行的意志
未必能支撑起大度和虚怀
佛的大度与虚怀
可是，玄奘的麻鞋能

有人在沙漠上寻找
只寻找这双鞋

2014 年 5 月 10 日

透 过

《塔木德》的哲言
说的是人生的透过
小方盘和古董滩
可只是醒来
只是一睁眼而已
也许整个库姆塔格
整个巴丹吉林
再起的朝阳又见的光明
都不是透过黑暗
都是一睁眼而已

透过，透过黑暗
那需要期盼
那来自探究
有时库姆塔格上没有
并没有亮丽的朝日
在国际时的白昼里

大方盘还是暗夜
古董滩还在沉睡
因为相对于它们
白天并不重要
睁不睁眼
依旧是干涸和荒凉

巴丹吉林很是宽心
它可以幸福在孤寂里
也可以淡定在狂喜中
它乐于被世界去遗忘
也乐于百般疼爱自己
人生
透不透过并无大碍
有时透过了会更痛苦
透过了黑暗会更黑暗

大方盘就那么回事
古董滩也就那样了
它们都是透过光明
透过光明去看那黑暗

2014 年 3 月 8 日

上帝的钥匙

我以为
信
随

你相信
虔诚
泪

我约
巴力克一起游
一道归

上帝啊
为啥只说罗布泊
不说
琼库勒

楼兰
楼兰的悲
千年的黑洞
问谁

敦煌
敦煌的留白
你可有钥匙
枉费

2013 年 10 月 10 日

有一种罪过

终于能告诉我了
它在荒漠的尽头落下
每天都是为了把时间燃尽
那是老了的逝去的时光
还有在老了的时光中老去的
血红的残阳，是最红一滴
一滴泪一滴血一滴鼻涕
燃烧中它万分痛楚
有时它躲在祁连山后
一边烧这些枯，这些老
一边放声大哭，大哭
这是真，我亲耳听过
听过，大漠落日的悲号

我的脚它的脚许许多多的脚
都在践踏一种罪过
一种干裂得快要冒烟的罪过

一种朽而不倒的罪过
一种死成一盘散沙的罪过
一种死了还要逞暴的罪过
沙漠，地球上最衰老的老
比人的老年痴呆还要老顽
也许就是因为它，因为它的老
让人去判了老的罪过
太阳就成了这些人的刽子手
它和风一起把一切的老
撕裂，粉碎，咀嚼
天天用火去烘焙

太阳的良心发现，因为
因为它的罪孽深重
也因为它知道了罪的由来
没有人，就没有罪与罚

除了人以外的万物
那界不设美丑的标准
不谈生命过程的贵贱
人以外的界，没有
没有 T 型台，也没有断头台
没有罪之说，也没有法之场
除了人，一切争斗全靠自身器官
除了人，一切生长都自然平淡
除了人，一切死亡皆无声无息
我也终于可以解脱了
解脱了主妇们择菜的那双手
放开了被关了六十年的秋风
并郑重地为腊月平反
就一点，谁叫我们是人呢
还不行，老了就是一种罪过
死去了也是一种罪过

人之外的老也统统是罪过
非罪，待到地球上没人
等吧，你格太阳你格沙漠
还有你那格胡杨

2014 年 4 月 28 日

胡杨一卦

不知道谁绘的长短
也不想知晓，那爻
就当没有那一卦
胡杨说，也不懂啥

每天都迎着这风沙
迎着风长，披着沙活
死了，也一样挨着风
也一样不明白那道卦

我知道那六十四卦
读过那四百五十句话
但，没看中巽
也不喜欢坎
活，就这么活啦

死了，不要去埋地下

扶着胡杨一起枯

请把我的那一卦

挂在胡杨的枯枝上

看，这一生是不是没造化

2013 年 11 月 2 日

不是超度

一条西行的路
一颗超度的心
青灯熔化了坚冰
木鱼让魂魄沉浸

佛未必承应
以飞天的逸逼
让千手千眼洞穿
酒色中的佛国
菩提树下的阿弥
布施，来世再诵经

只想把心击碎
碎出亿万沙音
低至尘埃
无有兴高与呻吟
纵然——

还是青灯照引

把冀欲也散尽
只留下空灵
像西去阳关的雁
像雅丹里的花
在没有悲歌中
自然凋零

这，不是超度
只是给敦煌
一丝足音

2014 年 7 月 12 日

格莱美的模样

从佛陀的指缝间，我窥
我看到了格莱美的模样
宽宽的藏袍着地
空空的眼界空空的双耳
连同空空的双手，着地
在佛陀的星空和荒漠
直着嗓子唱，唱
唱出怪来唱出空
格莱美咋这样

你是不喜欢京味的票友
看不懂脸谱和装腔
看不上生旦净丑
听不懂西皮和二黄
喳，喳，喳
格莱美你是想着藏袍来
你是想吊格经腔

胡响着 鼓敲着 板打着

——这厢有礼了

2013 年 5 月 14 日

金了地

血祭的路向

我的书桌被赶跑啦
一只套羊趴在笔墨上
额头上凝着血
绵柔的眼不再惊慌
两只角顶着它腹中的网
像是它的婚纱
像是祁连顶上的雪光

我的诗也流浪了
它也成了陇上的牦牛和羊
被做成了黄焖和白汤
当成了善意和信仰
任这戈壁去朵颐
披上了神赐的婚纱
去祁连游魂，去凄凉

去了的羊留下了冬场夏场

去了的我的书桌
留下了沙砾留给了道场
去了的我的诗我的路向
只剩下牛的枯骨羊的断肠

2014 年 5 月 28 日

党河风

八百里一路从祁连来
风给了你多少困窘
千百年来的灰头土脸
如今你变得如此光鲜
绿嫩而洁净
成了敦煌人怀中的尤物
但，你仍在风中

今朝的风是轻拂的杨柳
是随影摇曳的霓虹
是夜阑人静时的拍岸和亲吻
是沙洲人的尽情和放纵
这是风，还是你的风情万种

从汉唐的作派和雍容
看出了你的自信和大度
是啊，能容得下万卷经书

也定能把千载党河认同
这是风，是你千年修行的正果
也是上天对你的恩宠

党河，你仍然飘在风中
党河，你在大漠的掌心
你现在画框，在人设定的画丛
你应当在佛的诵读里
在属于你的经文中

　　　　2014年8月11日下午于敦煌

三叩鸣沙山

鸣沙山之幸

昨天，你是幸福的沙
他是激情的风
无论多纷乱的脚印
哪怕再深创的伤口
他都会给你抚平
四足不行
就用双唇
即使到子夜
即使到黎明

鸣沙山之痒

今日，你要幻化成风
他可不想变为沙

你会给他飞天的柔情
他能等来昼夜相接的
天音
七年之痒
九原可作
那就屏住呼吸
那就洗耳恭听

鸣沙山之命

明朝，莫高窟成了数字
月牙泉陷落为峰顶
你去库姆塔格
他也不会奔向巴丹吉林
此生无缘
来世续命

史小玉不轻言

陈佛儿能笃信

2019 年 10 月 10 日下午

二 做梦都想活过来

　　在戈壁滩上行走，偶见随风巧滚的干枯的骆驼草。可别以为它已死去，遇上几点雨水，它就会就地活过来。这种对生命的无限依恋，已经到了让人无法想像的地步。哪怕是立于沙丘下那些看似已经枯死的蒿子和骆驼刺，都会从枯枝间生出半粒七的嫩芽，长出令人惊羡的绿色的芽来。它们是在梦中活过来的。当我站在大风口那片戈壁上最干旱的沙漠上，我的心都快干枯了。我的心也尝到了生命有过的震撼。当我走近看到了脚下的沙漠每一粒沙都在随风呼喊：做梦都想活过来！

　　我蹒跚地伏下身去，我不如一粒沙。

金丁地

2014/08/28

余丁地

余丁地
余丁地们的宝
哪怕是半根红柳
一截子沙蒿
都是
都是明天的绿意
来年的秋饱

都是
都是沉沉的心意
不管是一滴
还是一泡
东一棵灰蓬子
西一丛骆驼草

那个啥

都明了

2014 年 1 月 5 日于甘肃张掖

雅丹十四行

雅丹的碎片，是神锁了的楼兰
开始自责吧，那太阳部落后的千年黑洞

因果是啥，阳关烽燧下挂满了葡萄
小方盘，雅丹为啥与小方盘一样空

驴肉黄面酸了，拉条子拍手
永世的，雅丹在西莫高窟在东

太阳更烈了，锁阳把它当着留不下的风
除雅丹语，雅尔丹啥也听不懂

每当，每当它被类比被描红
神工的尤物，比狮子吼得还凶

这敦煌的花朵，黄成这般黯然失容
这飞天的泪滴，为啥像戈壁滩上的坟冢

瀚海无波哟，罗布泊已干涸

玉门和雅丹呢，已在人与鬼面前失宠

2014 年 6 月 28 日

敖包山的花开

草不像草柴不像柴
它在等你，等你爱
米粒粒那么大大的花
它在等你，等你开
排成队的红，羞涩涩的粉
等你来，等你来
可惜你没有来

敖包山上的敖包
敖包脚下的高高台
驼刺花，为它矮
没有夏日的云彩
没有膜拜
没有期待
没有姑娘的爱
连年孤零零地开
可惜呀可惜你不来

敖包山上的敖包
等你拜，等你拜
敖包山的驼刺花
你不来它不开
胡杨等你来绿
红柳等你抱成团
灰蓬子等你来采
今夏你一定要来

2014 年 3 月 13 日

莫 名

直到大树里
干透了的大树里
我又发现，不仅
不仅温润
干涸也能打动
像晴日里的响雷
让暴雨如注

泪洒处
细如美肤的沙纹
受到侵扰，受到
我却不安起来

哦，上帝和人
都需要一个干燥的地方
去安放尤物
去保存经典
去阻止霉变和腐朽

不要去弄湿它
哪怕一滴泪
干涸生出的态
那么爽滑自然
那么无欲和淡定
骨子里透出的洁净
那是大美
那是超凡
湿润它的同情
不能

欣赏吧，赞叹吧
美美的，不要去改变
更不要想去占有它
巴丹吉林
它不需要怜悯的水

2014 年 3 月 11 日

西北女汉子

男人女人都是山
女人和男人全是汉
那是在大西北
在张掖在嘉峪关

大姑娘脚手架上站
爷门昂着头
仰首地上喊
叫啥
俺是大工是爷
你是小工你来打杂

酒席上的女人真好汉
小碗大杯一样干
大拳小拳随你赶
哥俩好呀
三，三，三

输你六杯一口干

喂，不好傻看
这不是胖，是壮
肥而不臃，好看
她们和男人一样讲
只爱幸，不要福
馋——
每个晚

2014 年 3 月 18 日晚于甘肃张掖

沙鸡的困惑

已经虚伪了
还要虚拟
人，为啥要这样

扭转了基因
还要去克隆
这，还是人吗

不相信纯洁
但信奉俗滥
噢，人还不如狼

沙鸡不愿迎合
沙漠上看不见它了

2014 年 4 月 17 日

敦煌夜市

它与台北的士林比
味道大不一样
与南京的夫子庙嘛
它就太为夏季而生
好像专替五湖四海准备

这是夜的莫高窟
这是星光下的月牙泉
今夜，可了不得
可以把对敦煌的心意留下
也可以把沙州的爱带走
就在这夜市
比盛夏还盛烈的夜市
那个不会唱花儿
也不会唱割韭菜的小伙
兰州的黄也了不得
与敦煌夜市一般的嗨

一样地唱响世界

晨曦中又归于清净的街巷
又净空了的摊位
又歇在街边的各种口味
那些与黄白黑闹腾在夜市的
椅子茶几啤酒瓶
让你相信，敦煌夜市
也是敦煌人的会客厅
是举世无双的华戎夜宴

2014 年 8 月 7 日

余丁地

那静等的样

旱在陇上的种子
憋了七个月的胡杨
在等那几滴雨
那能让它发芽
能让它绿的暖阳

等，就这么在等
等变一个气色
都一般的模样
那么干瘪
那么枯黄

等一千年一万载
永远是这样
不急不躁不愠不怒
这，等的样

好吧，用你的静等
去等你，等你
哪怕干裂在陇里
枯在沙丘上

2014 年 4 月 2 日

做 旧

它还在大沙梁子上

南粮仓，还是那模样

砖，公元 1778 年的

梁，乾隆四十三年的胡杨

轻飘飘硬梆梆

没一点檗扑子味也没走样

土墙土屋顶

照用，230 年前的门框

沙洲已经变敦煌了

可它一个零件没换

一屁股一直坐在这大沙梁子上

如今它不储公粮了

但它是饮料速食的货仓

仍然是年轻态

仍然是年少气盛血气方刚

它让我想到了丹麦

金了也

丹麦那换了配件改为宾馆

已经老朽了的 300 年前的粮仓

它也让我小瞧起做旧

做旧这算什么行当

痛不痛由你，做旧

只能把新的做旧

但做不出光阴的包浆

咋样——

做旧的只能是物相

永远做不旧的是岁月时光

小瞧你的，还有它

敦煌清代的南粮仓

2014 年 8 月 13 日凌晨于敦煌

西凉的咒语

四月的雪铺天盖地来
无声无息，落漠沙台
熄灭了人间烟火
挡回了叩问
与我的跪拜

我想听，我是想听
听岁月的凿击
听西凉的惨败
还要听贤孝的敲打
瞧神婆去《割韭菜》

燃尽了的男人
撺通阳痿的瞎仙
在正月的第一个清晨
指出一条
神婆不会去的斋

五月的恶雪在等
还携着毒的咒语
巴音乃纯粹的沙
《吕祖买药》的训
与三弦子的嘴一齐来

2014 年 4 月 18 日

金丁地

悬泉置

悬在沙州上的青花
大汉横空的砖瓦
与边关的冷月
敦煌的飞沙
一道，一道道飘逝
一道道独守天涯

却把它悬置在旮旯
永置玉门关卡
随西凉的羌笛
和宋元的胡笳
再去，再去悬泉置
再去追问摹拓古刹

噢，悬泉置
留在汉书中的驿
印在云霞里的家

2014 年 6 月 26 日

骊轩的百分之四十六

百分之四十六的罗马
罗马的血统
祁连山有点懵
龙首山焉支山也一样懵
它们不相信
黄加蓝加白的骊轩
只有百分之四十六的罗马
再加上一块比萨饼 ，应
应该是一百零三的罗马

那两千年前的遗址
用中国的黄土
加上祁连戈壁的芨芨草
芦苇一起垒成
这四方的围城上没有
没有黄头发的印记
没有黄眼珠的影像

没有白肤色的奶香
更没有罗马柱的矗立
百分之四十六在哪
我说，骊轩的罗马
还是罗马的骊轩
都是百分之四十六
他是中国的骊轩人
也是骊轩的罗马人
他们都是山丹的汗血马

2014 年 1 月 15 日

被收藏的脚印

那老远老远的巴丹吉林
零下十九度的古今
只剩枝干的胡杨
瑟瑟发抖的红柳丛中
就不肯结冰的沙纹上
有人在找
那进出阳关的脚印
那留在驼铃后的脚印
那哭也哭不出来的脚印

那老远老远的巴丹吉林
零下十九度的胸襟
骆驼草随风打滚
苦苦菜也没了踪影
孤傲蒿子的痛苦呻吟中
有人在找寻
那去小方盘的脚印

那留在宕泉河边的脚印
那写在北地胭脂上的脚印

老远老远的巴丹吉林
老远老远的痴心
那不是一般的脚印
那是虔诚膜拜的印迹
是至圣的足音
它是诗经后的诗经
收藏——
它不同书画丹青
它不是张大千徐悲鸿
它似鲁迅

2014 年 1 月 3 日

张掖什字

左边是大河

右边是祁连的峰

阿尔金的峰

甘州

可是那十七年的北凉

甘州的史小玉

你在甘州的那个桥楼上

你在张掖的什字哪

哪个方向

哪个寨寨哪个庄庄

身后是巴丹吉林

眼前是青藏

前世的青藏

昨夜是虚空的春秋

今晨是迷乱的隋唐

独步的隋唐

桥楼
凭栏桥楼上的手
小玉一般
幻画出观音千手
问，张掖什字
他在地的何处时间
又在天的啥子时光

万计幢幡扬啊
若林的佛心
天地都在吟唱
吟诵这千古荒寂
就该去酬谢
没留下什字的张掖
没有厚待那史
那小玉
那桥楼

否则，就没了那个庄庄
那个啥，张掖什字
在三危的佛光里
来生
来生已道出桥楼
道出史小玉
一个中国符号的去向

2013 年 12 月 26 日

2014/06/24

做梦都想活过来

一、阿克塞

阿克塞，阿克塞
观音掌上的宝珠
天鹅，哈萨克人的心爱
那世界上最大的毡房
比戈壁还大的舞台
可惜，阿克塞
那是没有你的世界

只打碎了脖子上的枷锁
脚上还穿着充军的麻鞋
阿克塞，阿克塞
当金山挡得住匈奴的铁骑
挡不了哈萨克人的情怀
阿克塞，润买昔
炕锅肉，阿克塞

阿克塞，趴鲁安
柯孜户阿尔叼羊来

二、大风山

世界上唯一的大山
唯一不能攀登的山
无限高的蓝天无限少的白云
不在飘移是在听在看
听风在呼喊
看遍野走移的沙丘
看风卷起一座座大山
365 天都这样的呼号
号出了地球上最枯干
亿万年都这么徒劳
一亿年也堆不成一座沙山

这是如来的山寨
天上神仙的宾地，偷闲
万径皆有，万踪皆绝
来？估计你不敢

三、花土沟

一条条花土土的沟
像非洲人
挂满辫子的头顶
这是上帝的杰作
更是中国山中的珍品
它在青海之西
甘青新的一片不毛之地
很难听到它的声音

金丁地

它地下到处是石油
地上满街是荒淫
油在地下轰轰烈烈地采
妓在偷偷摸摸地妍
——网传
去过了，你就更不信
待，石油告罄
石油人回川归晋
它就是楼兰
又一个古月氏
只剩下花土沟的名
又是一片荒漠
一样的纯净

2014 年 8 月 20 日

70

没有祁连的"份"

一把青稞塞进头羊的嘴
望着一片咩咩声
老查头吼起来
没有你们的份

他蜷在七月冰凉的炕头
他的羊挤在没有干草的地方
女人没有他的份
母羊也没有它们的份
没有份儿的羊和牦牛一样

这奶酪给哪个狗日的吃
他一个指头在嘲笑
从来都用一个指头
够了，饿死你祁连山
什么都别想有你的份

你就一个孤鬼到老吧

老查头一屁股坐在蒿子上

2013 年 8 月 1 日

雅丹的姿态

太阳和风的派
就是，就是
雅丹的姿态

它与伎乐一脉
一样的淡然
一般的安泰
从不计较
光的强弱
风的好歹
随缘
什么都不介怀

光与风的天意
给它高矮
给它美丑
给它生命的长与短

给它上天
与入地的安排
它，它们
一切总会善待

如果
如果人也有
有雅丹的姿态

2014 年 6 月 29 日

长　卷

我曾把它传神地写意

它是世上独一无二的长卷

独一无二的长之千里

独一无二的长之两千余年

独一无二的无字无词

——它用芦苇和红柳

用黄土和沙砾石

一层夹一层夯筑，累积

在代同年同季同

在昼同夜同昼夜皆同

那风和光的诵读中

疏勒河边的汉长城

敦煌西去千里戈壁上的汉长城

它更像一部历史的长卷

尽管它已残缺不全破败不堪

这是一个诗人的眼光

当汉长城上的那些障

宜禾、鱼泽、遮虏的障哟

阻挡了秋高马肥的铁蹄

当烽燧上那积薪燃起

我清晰听到了母亲的呼喊

看到了一个个伟大母亲张开的双臂

无数母亲用臂膀连成了长城

护儿的长城，护佑天地的胸襟

今天，我不持历史和种族的立场

只以一个儿子孝敬父母的情怀

向疏勒河流域的汉长城

并以汉长城怀抱中绿洲的名义

为大汉的大爱为大爱的母爱

唱一首大风的歌

绘一幅孺子伏教的图

这只是一个孝子的膜拜

我不敢轻言去诠释它
几番三次的凝视和释读
只是想寻觅祖宗遗训的真谛
想沿先人修筑长城的心迹
用比诗文更精确更意赅的语言
告诉世界中国人自古的隐忍
中国人的内敛中国人的规整
中国人的宽厚中国人的不争
这，不仅仅因为我是中国人
除了敦煌的汉长城
还有嘉峪关明代的四方城
还有山丹的汉代明代的土长城
皆为防御，皆可作证
世人都这么看，不仅中国人

2014 年 7 月 4 日

2014/06/21

葵 阵

这是一个快意的部落
这是一个笑的方阵
陇上的笑口和笑脸
笑的眉笑的酒窝笑的皱纹
像日头那么灿烂
像娃子像娃子她娘
还像爷们的心里那个啥
全都布在陇上

沙暴也乱不了的阵脚
清凉的月光下依然是笑面
微微低着的眉与脉脉凝视的眸
那是葵的经典，经典的身姿
七月的葵阵让天地都乐了
在短暂的陇原的夏里
除了使劲的长高和欢笑
除了葵阵的齐整和一致

它说：它们并不追逐阳光
只是那一张像了太阳的脸
但，它只为陇原动容
该写它：像日葵，像日葵

2014 年 7 月 18 日于甘肃民乐县六坝

永远的胡杨

有谁能像它
坚韧地爱上千年
执着地再陪上千年
再不朽地恋上千年
它，醉了不会下雨的天
望断了巴丹吉林的人烟

有人会似它
把倒腾的心海洒向大漠
让深蓝深爱变幻出
变故成无边的深渊
看不到尽头的瀚海
他，已记不清它的母语和方言

一样的荒漠孤寂
一样地渴求和苦熬

一样地听夜黄昏与晨曦

它同他，是不一样的永远

2013 年 12 月 19 日

天堂也不过如此

一头沙漠蜥蜴
四只脚停在了沙丘上
回头用一只眼望
充满疑惑充满好奇
好像还有几分骄傲
但绝没有敌意
身后一株娇小的骆驼草
七八根茎虬着生
风沙里嫩得叫人可怜
另一头躺在骆驼草后
细软的沙和馒头样的房
八条腿十二条腿一辆
沙漠快车载着母爱
天堂也不过如此
两头沙漠蜥蜴窃喜

惬意地享受着骆驼草
带来的七月的清凉

2013 年 11 月 7 日

赵家疙瘩

一只大手放下一个软软的
软软的赵家疙瘩
酒泉从没有讲
兰州有多少个什字
赵家疙瘩也从来不问
就这么不经意的眯着眼
看着沙细细地落下
从不责怪胡杨的懒散
一年，一年就长那么一点点
都像脚下的沙丘，脚下
软软的，都没有一句话

红柳肩并着肩手拉着啥
长出了一个馒头
骆驼刺也一样
长满了馒头的赵家疙瘩
那柳树也被整出了

软软的馒头啦
它们不习惯有点硬的馕
只想软软这一个家家
呵，没有什字的赵家疙瘩
走到哪都没有话

赵家有个淘气的尕娃
举起黄橙橙的苞米棒
愤怒了，眼神也是软软的
棒子也是软软地落下
不像，那个挪威的男孩
这手，怎么分出两样
苞米棒软软地砸了它一下

2013 年 11 月 3 日

刺 青

一

与胡杨的对饮
在巴丹吉林
举起一杯沙尘
挥掌挡住昏月
随风千年
只能成木乃伊
在无痛无爱中听命

不朽岂如不倔
那满身的虬枝
不似云卷云舒
却是变故和蛇行
直挺的腰板携
携狲行的四肢
携媚俗的自矜

笑柄，总归是笑柄

这一杯，实不能饮

二

鸣沙山说
莫高窟是它的背影
上帝的那双手
说是塑形
塑得日日疼痛
夜夜呻吟
它不像丹霞雅丹
该叫该鸣
只要鬼在听

有人在爬那三危
也有人想飞越阿尔金
爬的随风在叫鸣
飞的只需舒缓广袖
驾云扶风
月牙泉的水
真正的人间甘霖

三

天刺痛了地的心
让罗布楼兰
让黑水国都遁形
只可惜留下的字
不是畸形
寻不来彭加木

谁能左右谁能把控
刺青的路径
刺青的图是不是拼音

痛让痛不痛了
忘使忘忘不清
可以干掉这一杯沙了
把逝去的光阴
刺上心尖
刺在脑浆上
像鸣沙山和胡杨
只给荒漠可以听的刺青

痛的心
在塞外享受黥刑

2013 年 10 月 31 日

2015/09/18

91

巴丹吉林

巴丹吉林
我是你的稀客
你的酸辛
你把无垠的荒漠
四面八方的天际线
除了风
我就是你的神韵

巴丹吉林
我是天穹下的唯一
在你的掌心
你把无边的自由
无际的恣意
除了人
我都可以亲近

巴丹吉林

我要痛别你
再回到象牙塔
围城，再进
趟我的小溪
赤足去追逐海浪
为你请命

啊，无限的寂寞
也是无比的孤零
无限的自由
就是无边的囚禁
巴丹吉林
枕头里的巴丹吉林

2013 年 10 月 7 日

沟沟里住着疯颠颠的花

急吼吼的风兴冲冲的沙
一起起齐刷刷趴在裤脚下
死命命地拍恶毒毒地骂
胖胖娇娇的月瘦瘦花花的它
它们偷偷爱，爱在那个啥
那个乌云滚滚的云旮旯儿

干裂裂的嘴火燎燎的心
油亮亮的领黑呼呼的袜
一件羊皮破袄挂到大腿下
明晃晃的水绿茫茫的啥
双手摸摸着细嫩嫩的沙
一下扑倒在软绵绵的沙包那

风飘飘在西丘呜呜地哭
沙泪泪在北沟哗啦啦地下
狠抓抓它的肉肉鸡叨叨它的沙

94

白生生的腿红丢丢的笔
花花儿香香谁谁去逗逗它
三天天三夜夜你都摸摸过啥

心疼疼啊肉麻麻的话
沟沟里住着疯癫癫的花

2013 年 8 月 26 日

秀才那个啥

真的那个啥
那个秀才
那个鞭炮
那个满街响
那个户户炸

吾儿吾女那个啥
小学毕业啦
就是秀才
就是那个啥
为了我的秀才
为了我的那个啥
还要大摆宴席
三天三夜那个啥

陇原上的那个啥

啥？你笑那个啥

2013 年 7 月 1 日

山楂树的绝望

她尕儿的照片
她那双伸不直的腿
和她一千多个日夜的盼望
一起坐在炕头
一样地痛在炕上

没人爱的荷包花
没啥闻的玫瑰香
还有没人稀罕的戈壁石
天天陪着他看
看那祁连山下的痛想

她的梦中有百合花
他的院内长着芨芨草
他们说
再傲的芨芨草也要低头
再心野的儿也会想爹娘

他们有点绝望了

院中的山楂树也绝望啦

等了三年的他们

落了一地又一地的山楂果

比祁连山还凉还绝望

2013 年 6 月 23 日于祁连山下何家庄

金丁地

戈壁滩上的女人

她讨厌、害怕
那飞舞的尘沙
奔跑的砾石火毒毒的太阳
她把头包上把脸罩住
只留两只眼去笑
笑这愚蠢的戈壁
笑为它起哄的风沙
她说它们不让生的绿
她，她们一定要生出来
管它那个啥

知了，她不是在讨厌我
为我，昨晚已把头巾摘下
让我亲了没戴口罩的双颊
啥，看上你了还管那个啥
即使在戈壁滩
当着沙尘暴当着鬼旋风

她说她也要把那个

那个啥都摘下

包着情罩住爱的戈壁女

你要学会

学会用两只眼和她说话

不会，不会你就甭想那个啥

2013 年 5 月 17 日

未嫁的多坝沟

她待在库姆塔格的深处
大娃娃了，还不愿嫁
不要搭理那些牲口
永远不要长大
就这么陪着库姆妈妈

我只在九月里见过她一面
她是沙漠里神话
阿克塞向西，再向西
戈壁沙漠还是戈壁沙漠
除了南去的风，二百多里路
我没听到一个人说话
除了十几峰骆驼
我没看见一个娃娃

当金山里就是她的家
山里人说她叫人心疼得不行

不知谁冲走了那些坝坝子
在那拐弯口，那几棵胡杨
抢先穿上了淡淡的黄衣裳
真的很美，美得让我发傻
对面山上的那一片，那几棵
几棵已经枯死，但都站在一起
讲它们的青壮，讲它们的义侠
有一棵周遭发黑，虬枝上下
像烟火熏像火烧像给雷劈过
可是它命还在叶在长，根在伸
太令人震憾，谁又能如此造化

红柳可没有胡杨这么按捺
自在的风里它摇荡着随性的枝丫
紫红得无与伦比的柳条在晃
三串串三度开着粉紫色的花在摆
一丛一丛就像恩爱的一家一家

还有宽了心的幸运和大拿
沙包上还在嫩着放着爬着的
梭梭草的叶骆驼刺的花灰蓬子的蔓
还都像山外七八月沙漠上的迸发
叶一样的肥厚花一样的令人惊艳
尽管叶如豆豆般大小花在小米粒上下

山腰上那几户没有屋顶的人家
土坯墙的光滑地面上的盐砂
没有一个虫子没有一棵草能说
说清这土坯房主人的死活
告诉我他们在哪里还有家
那民国二十一年的三座坟两个碑
还能说什么呢，除了民国白话
我只能问山涧里细细的流水
只能问这四周漫天的飞沙
这苍茫中饥渴中的几户山民

像鸟儿飞绝路径湮没的史诗
留给苍天留给沙漠留给鬼魅吧

多坝沟，还未嫁的多坝沟
多纯的她多净的她多美的她
九月里我提醒了她强求了她
不要嫁，不能嫁，绝对不能嫁
嫁了，她就成了没有屋顶的土坯房
她就成了只剩红柳根根的沙包
她就不再是库姆塔格的孖娃娃
不能嫁给那些牲口，牲口
嫁了，不是九月，另外的十一个月
她都不是多坝沟，她就是另外一个她
一个我和世界都不想看的她

2015 年 9 月 19 日

金丁也

2015/09/18

一个牧羊人

一个牧羊人
放着，想着，盼着
一百零一只羊

他心疼这片枯黄
祈求它们像一阵风
还留下沙丘的原样
只带走一点点
一点点绿一点点玄黄

他举起的手臂
是要把那些根留下
把它们的牙口留下
留下来年的牧场

他脸上的沟壑
比祁连山的还深还长

落在一百零一只后

已叫不出半声咩咩

2013 年 7 月 30 日

三 风对沙的性意

"风沙"一词的人文意义在于人性的坚守和人与人之间、人与自然之间的依存。在当下的中国尤为如此。对盖之的西域、蒂尔之间的巴丹吉林和腾格里沙漠来说也不例外。风和沙的关系有时是尽兴,有时是表演,也有时是在讥讽。讥讽那些假冒的"女汉子",讥讽那些失去狼性的"西北狼"。以亿年计的戈壁大漠对于70%都是水的地球来说是一了不可起色的天地之爱。这种爱让"大漠扬尘",让腾格里沙漠天天开怀。

夜 游

每个子夜的我
都想把咋儿的子夜说
谈翻江倒海
讲翻来覆去
说每次夜游的目的地
都是去那个云水边
没有一回能碰到你

你永远不知的夜
因为你的夜
我在吃那麻食
特想告诉你搓鱼子的味道
还有能吃的三套车
找遍了敦煌的夜市
两三个像你的背影
没有一个是你

是不是去了阿克塞
那我明夜就出发
再去那个云水边

2014 年 3 月 30 日

别人的故事

在没有屋顶的土坯房里
我在等亲亲的雨落下

在他们的母亲节里
我在哭为我担心了一辈子的妈妈

在祁连山二十点的太阳下
我在张望洪泽湖已沉睡的晚霞

在戈壁的点点新绿中
我在寻死我那狂歌的盛夏

在别人的故事别人的那个啥
我想把祁连把甘肃哭趴下

2013 年 5 月 12 日

金丁地

2015/09/18

推迟西下的夕阳

夕阳知道了我的痛
知道我要去的天涯
从迈步荒原的那一天
它每天都推迟两个时辰
为了断肠为了孤寡

像老家巷口昏暗的路灯
它知道我要回家
昏黄的灯线在雨丝里挣扎
等，一个比老花还要老的老
一个比夕阳更加殷红的它

瞅着它的昏眩它的挣扎
我的痛又多了一码
从此不再陪那骆驼
今夜的沙暴里也要走
明天的夕照里和它一起西下

2013 年 7 月 4 日

羊倌谣

羊倌真好当
羊朦太好长
好格扁都口
峡深水清凉
谷长五十里
山口牧草旺
黑牦前山哞
白羊后山咩
头羊已登顶
羊倌山腰躺
它吃它的草
我上我的网
沙葱知天下
甘味世界香
明天火烧凹
下月回冬场
冬场离圈近

羊倌更好当

只要头羊在

冬夏一个样

啥，想头羊

想也不要想

不管多少钱

俺也不好讲

你给小金沟

头羊也莫想

它是俺的命

那是俺指望

没有大白尾

羊倌俺咋当

啥——

牲口一般样

2023 年 5 月 23 日于甘肃民乐

一个人的倾听

水和山也不解人意
不但阻断了视野
消弥了游思
让故国的香只在梦里
回乡的路那么长兮
只能
把盼把想把望
留在这漫天黄沙里

岁与月不通情达理
不仅破碎了梦圆
依稀了背影
使爹娘的脸梦也难见
思念的泪洒落何处兮
只好
把痛把悲把哭
埋在这塞外的沙丘里

这一方的思
只有一地在念
这一个人的号啕
也只有一个在听
在倾听中抽泣

2014 年 3 月 29 日

这一世

有送不出去的诚心
有寄不走的真情
哟喂
都去玩虚拟了
都去摇微信了
所以，我就来
找戈壁找荒漠
找库姆塔格
把这一世带来的真
真话真面孔真病
诉给你，你爱听
你会记下它
记在你的沙丘下
这一世只有你
洪荒，我的知音

2013 年 11 月 1 日

被拉长了的夜

像只拉面的手
它把祁连的夜
拉长了一大截
成了超过膝盖的发
这样，我就能
从张掖到淮安
云游来回，只一夜

那挥洒风沙的手
比上帝慷慨大气
戈壁的夜被拉长了三倍
这样，足够我
向父亲去表达敬爱和愧疚
因他太匆匆地走过
我这未了的心意

它一寸一寸地拉长

我会一分一分地珍惜
用上苍馈赠的分分秒秒
去看顾去倾听
去写风扯岁月怿
去描绘被湮没的
湮没在沙包下的玉瘞

就是不会，不会
去数那属于别人的星星
煮沸自己的——
贝阿特丽采并不在意

2014 年 3 月 31 日

沙漠的春节

昨夜的烟花烦了我
烦了胡杨和蒿子
也烦了巴丹吉林

我又在梦里抵达
藏在心底的那一点温润
可惜，在临泽已散落

它的春和它的节
还要五个月才来
来了，也还是无着

什么时候能像它
只把春夏填进肚里
让春节自个儿去疯吧

2014 年 2 月 1 日

2015/09/13

125

风对沙的情意

没有它我不会高高腾起
也不会穿越
更不用说什么视野
它是父亲举起的手
充满无限期盼的膀臂
它像大爱无私的人梯
在师长的肩头
我能触摸到祁连的山巅
摘下九天上的皓月

没有你我也不会惊天动地
只能空鸣
沙尘暴不是我的独角戏
因此，我为你梳妆
——为你打理
为你坚守生命的底线
来生里，还要伴你舞

还伴你在巴丹吉林
只为你净为你美丽

这就是风对沙
我对你的情意

2014 年 3 月 7 日

没有为你去改变

你一天天收起笑脸
以为我来，为你
以为我会改变
也为你，我傻

连润润的雨也要避开
基本上不是我的外套
也不能淋湿
对了，这儿只会下沙

跪在佛前的别有用心
塞几个钱就想得道
不敢去想
更不会为你改啥

有些，比如装饰我的
还有那会出岔的物件

都可以给你，但
那不是我，是那个它

2014 年 4 月 13 日

有一季只为你

你知道红柳么
对，她是荒漠的胭脂
知道你要来
她在巴丹吉林等你

你装着不知道
啥，她每年花开三季
其中有一季只为你
凋零也是为你

她像西北女汉子
爱了也要告诉天和地
连地下的肉苁蓉都知
她有一季只为你

那一季她等你
你等她那两季

翻过敖包山
她的一生就由你

　　　　　　　2014 年 4 月 15 日

只有寂寞

终于
没有人在意
我的清冷
我的孤傲
只有寂寞了

终于
可以寂寞了
终于能用寂寞
去享受寂寞
去陪侍寂寞
去独饮寂寞了

巴丹吉林的沙
没有正派
也没有反派
只有真派

只剩纯粹
只留下纯粹的寂寞

没有戏的荒漠
没有谎的戈壁
隐忍在心的寂寞啊
你随沙尘去哭吧
就当是安魂的夜曲
西行的悲歌了

上帝会忘掉我啦
至少千年
从此
这洪荒的净界
又多了一棵寂寞的胡杨

2014 年 4 月 16 日

湮 没

去湮没我的岁月
而把她的时光留下
让天地去见证
埋在沙包沙丘里的
湮没在滚滚沙尘中的
一尘不染
不染一尘

岁月只是没有找到
她从高加索走来的足迹
从来没能尘封住她
她的金发和微笑
我只会给她欣赏的阅读
决不用爱去玷污女神

去湮没掉我的多情
连同这多情的岁月和时代

对，不能在巴丹吉林
只能去垃圾填埋场
那儿疯狂的贬值的爱成山
还有无数被爱克隆的人

楼兰美女醒来说
宁可被尘封也不可
不可被尘染
阿们——

2014 年 4 月 20 日

我的海洋

同样是海；同样是洋
选择它，因为它的海量
因为它的安贫乐道
它还没被肮脏
它还没什么奢望

托起你畅游的不是沙荒
是世上最小的石头
是它的无边胸怀若大气量
这一片海哟这粒粒沙
让你踏实还让你厚道
让你饱经风沙后
藏起你的尾巴
使你不再会去张狂

每天从你身边落下的
是白昼，是血红的太阳

它让我相信，这海
不会把你吞噬
只是像黑夜把太阳
收藏，就是收藏

曾经的这海那洋
它们没给我这样
我的这，是拣尽寒枝
苦涩遍尝，看透骇浪
噢，海还有这样

2014 年 4 月 25 日

与龙勒村无关

他是戈壁上的另眼
除了东，他不想
南北西从不看
百年千年两千年
都一样

东是他家的方向
人间从没有孤魂野鬼
只有行尸走肉
才会迷失故乡
才会忘掉爹娘

风沙已读走了碑章
封堆与无字的墓石
依旧是他心的神往
都说落叶可以归根
看，戈壁上这坟眼双双

可以带他走，总想
这与龙勒村无关
他是大漠戈壁上的别样
没有人去祭祀和张望
回家，即使回家了也一样

2015 年 9 月 14 日

烹煮沙漠

来了，天下的细碎
抱成一个个丘了
爱出一码码堆
细碎了也不去怪罪

用细碎酿出陶醉
醉美在巴丹吉林
雀跃在腾格里
在安然与知足间徘徊

这是世间最细腻的柔美
谁说它是一盘散沙
东西南北的风里
只有知音交响万步追随

用酸辣去做出美味
把细碎当成柔肠吧

去煮去烹去醋溜
再同人生同世界勾兑

不要在意流言口水
也不要管上帝睡没睡

2014 年 5 月 29 日

手 印

它会告诉你
我的骸形
曾经的现存的
未改变过的背影

那不见风骨的浅
因为随风的牵引
可能看出的生命线
也不一定是什么烙印
但，都是我的心音

请不要误读
我只能取舍
取舍了才会有我
有我的手印

我只把它
印在巴丹吉林

2014 年 6 月 4 日

泊

泊在泊的岸
太短暂
留下太多遗憾

泊在泊的湾
太大意
落下无尽梦幻

何方可泊哟
搁浅了
在盐壳
在戈壁滩

啊，泊干了
泊多难

2014 年 6 月 8 日

夜的火车

冰凉的张掖站
特想湿暖的火车
我，我和寒夜
等那个从敦煌来的
你我的维吾尔

它不是我的心碎
但，是你我的痒
它的不搭理
太暖的火车
不懂冰镇的味

上了沙洲的三危
哦，夜的火车
没有向你的挥手
没有给我的追随

去了，夜的火车
有点冷的火车

2013 年 11 月 29 日

晾干后我会是啥个味

我把从江湖上盗来的
从那些斋里贩来的
从猪狗堆里学来的
和我这双走烂了的破鞋
一起晾在这戈壁上

我就跪倒在这荒漠
求上帝把我风干，看吧
这沙漠上到处晒着谎言
到处是活生生的剥下的画皮
还有黑了的心肝和赘肉
剽窃来的文章和文凭
那边还晒着丑陋的灵魂
不知道风干了它是啥个味

我想让烈焰去烘烤
烤干它的水分和谎言

把黑的心肝和画皮烘成灰烬
让沙暴来摧毁我
我决不求九死还魂的仙
干枯的蒿子下再生的绿茵里
也许就有我晾干的味

2013 年 5 月 26 日

大漠朝天

俺是上苍的尤物
每天俺都淡然
都知足都是笑脸
即使是黑夜
俺也会给星和月会心的笑颜

俺每时每刻都在感谢上天
尽管它有时会灼痛俺
没有它俺不会这嘛干脆
这嘛洁净这嘛风光潋滟

俺还要感谢风，风的灵验
风给的轻柔给的丝滑
风每天都让俺有如初的光鲜
对骆驼刺胡杨树蒿子
红柳沙棘和沙漠蜥蜴
俺全都要感谢它们的大愿

它们不是装点了惨白和荒芜
而是指点了俺的灵性和活力
描绘了俺的苍茫和辽远

大漠俺就朝天了
你们永远摆不出俺这般清晏
高山海洋陆地你们不如俺
就是沙暴了俺还是笑脸

2015 年 9 月 16 日

150

2015/09/13

明天的饥渴

明天的饥渴
是因为有今日
甚至就因为饥渴
是对朵颐和豪饮的向往

沉默的沙棘
无所谓的锁阳
整个儿的库姆塔格
都没有饥渴
因为
没有对水的幻想

啊，看不懂的沙漠
你让我对我的刻意
对我的饥渴
愤然了

渴死了，饿死了
又能咋样

2014 年 8 月 8 日

152

向陇上致意

我要告诉敦煌

我要向陇上致意

我这一滴水

一滴可以云蒸霞蔚的水

一滴可以沧海奔流的水

现在要融入月牙湖

去陪伴莫高窟

陪伴鸣沙山

我这一滴水

时常横而不流的水

雷电雾霾黄梅天

随它们去争吵去较劲

我要升华

升华为戈壁上的一片绿

去绿我大爱的陇上

我要告诉敦煌
我要向陇上致意
此刻，我这一滴水
已在敦煌
已在陇上

四　雨涮

　　汉字的魅力，在于文字词句的组合演进的万般可能，在于它描摹事态意境的或精深、或率记、或幽暗、或跳宕的无穷变幻。这给诗歌意境的创造提供了无限空间，自古以来都是汉诗词创作之要旨。尤其是在无边的荒漠无限孤寂的瀚海里，也许投出的只是一个信号，送出的仅是一个音节，以诗的马蹄传言和问义。这种代的言语言在戈壁的漠上有的直切动问。正午雨涮，于漠孤之间，来的凄丽，不毛之山崖上绝生的狼、像一张以布漾而厚重的脸，刹那回答。

　　雨涮，有种生之坚韧的意境。

二墩村村道　全程23公里
限载重10吨
限时速30公里
严禁超载行驶
保障路桥安全
敦煌市市乡道路管理站

2015/09/16

望乡词牌

问君水调咏歌头
月上瓜州独倚楼
岁岁难绿左公柳
黑水无计抵邗沟

阮郎八声唱甘州
陇头残月梦江口
凤凰台上忆吹箫
心期不遣休寻寿

2014 年 4 月 24 日

北 斗

天涯又一角
丝路西尽头
残阳落魄处
人枯鬼魅咒

罗布天上邮
北斗库姆走
试问大耳朵
何年再泛舟

2014 年 4 月 27 日晨于甘肃张掖

变 诗

半阕何满子
一腔悲愤情
孤魄碛漠去
野魅落沙鸣

当容万卷书
休屈只言佞
舍下千羽阵
西域行诗韵

2014 年 8 月 15 日

颂白马塔
为敦煌白马塔而作

纵辔驰浮云
飞鞭比流星
代劳曳练功
阳关空留形

蹑电归星主
僭响惜佛情
鸠摩罗什义
史驻天骝影

2014 年 8 月 17 日下午于敦煌

2015/09/11

北地胭脂

惊鸿未成行
举火冰刀上
风骨逐浪去
咋觅西北狼

孤雁空悲怆
掘沙黑水亡
焉支胭脂艳
梦呓难归乡

穷林椰菜状
一指胡杨长
偶数驼铃声
无言何家庄

瘦马嘶鸣忘
战心早失丧

烽燧遗存处

小姨嘴最香

2013 年 12 月 27 日

秋沙行

连珠纹，高昌乐
莫高飞天秋沙略
千幅头陀僧苦行
瓜州酒泉西关落

鸡娄鼓，一铜角
大汉张掖百世仇
焉支北地红抹额
今岁无纸谁手泐

2014 年 2 月 27 日

夜陷沙荒

月缺岁欠巨无常
为填词牌陷沙荒
文章文峰文华路
旁落悬泉凿敦煌
万足踏乱鸣沙妆
一风吹还千年响
秉烛持灯阳关去
携得汉简奉彭杨

2014 年 8 月 2 日凌晨于甘肃张掖

金丁地

望 尘

河西千里啸绝尘
但将劳梦寄黄昏
捭阖不干风月事
生死如歌岁无痕

漠上几朵花珠冷
渥洼谢天万年囤
望断夜去孤鸿影
回首却见阳青门

2014 年 7 月 25 日

风 魔

三月十九日彻夜狂风暴尘，鬼泣人惊。怕矣。
故作之。

楼兰风魔到
人怯物疯号
轻浮万丘飞
大漠坐地诮

疑是胡骑铙
百兽千禽闹
夜叉风暴牙
日来陇上悄

2014 年 3 月 20 日

167

金丁地

春 深

重门深巷从兹无
作罢临泽遗恨竹
今朝何地更有诗
肃北荒漠青可数

风卷云舒遣此沸
陆空畅行却无筑
欲言玉帝语又止
史记还待甲骨补

2014 年 4 月 23 日

瓜州难

明月万里催人还
两地瓜州百千难
夜来泪飞流星雨
肃北满目蒿草干

瓜州玉门戈壁滩
京口瓜州一江帆
欲乘轻舟争流去
百舸作古在楼兰

2013 年 10 月 19 日

天　野

风挟孤愤沙
鬼斧劈丹霞
顿失天和地
翻篇方盘下

典无狂尘话
神工雕佛花
玉门越千年
字残璧无价

2013 年 10 月 16 日

西去阳关

荒漠古香罪先问
遁入椰菜念晨昏
沙暴难迷转世路
笑傲风雪畏后尘

凄凉祁连今秋分
七月玉门已是春
莫道烽火熄无音
西去阳关会故人

2013 年 8 月 15 日

春风醉倒玉门关

春风醉倒玉门关
汉唐只剩一方盘
瓦全玉碎幽怨曲
夜半驼铃七月寒

长城兀自一泥丸
古董滩里举杯盏
羌笛胡笳凉州词
阳关已是王维叹

2013 年 8 月 23 日

求 阙

运河万里外
弱水祁连来
船渡无桨帆
求阙低尘埃

慧痴半步阶
速钝一生才
欲超局促世
谢天炼高矮

2014 年 4 月 30 日

炎凉花

西天五月常飞雪
东来冰心暖青芽
莫道佛界炎凉事
独步荒漠偶拾花

冷月四更多自叹
昨夜星辰落谁家
苞放三季红柳枝
自赏孤芳没为啥

2014 年 5 月 1 日于甘肃张掖

解 冻

凉州晾端阳
柳枝戴头上
沙漠芦苇粽
馕坑烤羊香

莫解冰冻王
民勤地亦荒
红崖燕争泥
罗布可水葬

2014 年 6 月 2 日端午于武威

敦薨阙

敦薨史出山海经
佚名谁指敦煌径
恰似莫高史小玉
尘封千手待厘清

宕泉尽录乐傅影
经变丹青千佛印
莫究圆篆万年罪
汉简变文后世巽

2014 年 8 月 24 日晚于敦煌

宋丁地

2014/08/28

西凉散

沙州淹
西凉散
党水党河干
悬泉随汉逝
三危佛光寒

天地愿
岁无刊
敦煌壁上观
楼兰肌如玉
封堆朝东看

2014 年 4 月 12 日

图书在版编目（CIP）数据

余丁地 / 渠水著． ――上海：上海三联书店，
2025.4――ISBN 978-7-5426-8652-7

Ⅰ.I227

中国国家版本馆CIP数据核字第20244DK201号

余丁地

著　者 / 渠　水
策　划 / 赵　琳　阜　东

责任编辑 / 吴　慧
封面设计 / 赵洁里
书名题写 / 郁建伟
装帧设计 / 徐　徐
监　制 / 姚　军
责任校对 / 王凌霄
出版发行 / 上海三联书店
　　　　　　（200041）中国上海市威海路755号30楼
邮购电话 / 021-22895540
印　刷 / 上海盛通时代印刷有限公司

版　次 / 2025年4月第1版
印　次 / 2025年4月第1次印刷
开　本 / 889×1194　1/32
字　数 / 50 千字
印　张 / 6.125
书　号 / ISBN 978-7-5426-8652-7 / Ⅰ·1905
定　价 / 42.00元

敬启读者，如发现本书有印装质量问题，请与印刷厂联系021-37910000